www.ingramcontent.com/pod-product-compliance
Lightning Source LLC
LaVergne TN
LVHW050829051026
849532LV00008B/3176
* 9 7 8 9 3 6 9 0 8 3 2 2 0 *

طوفان کے بعد

(بچوں کی کہانیاں)

سید منظور الحسن ہاشمی

Toofan ke baad *(Short Stories)*
by: Syed Manzoor-ul-Hasan Hashmi
Edition: September '2025
Publisher :
Taemeer Publications LLC (Michigan, USA / Hyderabad, India)

ISBN 978-93-6908-322-0

کتاب	:	**طوفان کے بعد** (بچوں کی کہانیاں)
مصنف	:	**سید منظور الحسن ہاشمی**
صنف	:	ادب اطفال
ناشر	:	تعمیر پبلی کیشنز (حیدرآباد، انڈیا)
سالِ اشاعت	:	۲۰۲۵ء
صفحات	:	۳۶
سرورق ڈیزائن	:	تعمیر ویب ڈیزائن

فہرست

طوفان کے بعد

"امی! آپ کی آنکھوں میں آنسو؟"

فریدہ نے آنچل سے آنسو پونچھے اور شاہد کو پیار کیا۔ اسے اِدھر اُدھر کی باتوں میں بہلانے کی کوشش کی۔ معصوم شاہد کھانا کھا کر سو گیا۔ فریدہ کتاب کے مطالعہ میں ڈوب جانا چاہتی تھی۔ مگر آنسوؤں کے قطرے حائل ہو رہے تھے۔ رات کی تاریکی اپنے دامن میں مصیبتوں کو سمیٹے ہوئے ساری فضا پر چھائی جا رہی تھی۔ عاصم جیسے ترقی پسند نوجوانوں کے چھپے ہوئے ناپاک جذبات اور دماغ میں رینگنے والے شیطانی خیالات اُبل پڑے کہیں شراب کے چھلکتے ہوئے جاموں میں انسانیت، ڈوب گئی۔ کہیں بربط کے جادو بھرے نغمے فضا کو مسحور کرنے لگے کہیں شباب نے نیم برہنہ رقص شروع کر دیا، کہیں صنفِ لطیف کی حیا و حجاب پر ڈاکے ڈالے گئے۔ گناہوں میں ڈوبی ہوئی رات اسی طرح گزرتی رہی

بالآخر انسانیت چیخ اٹھی، تارے شرما گئے۔ اور آسمان کی جھلملاتی ہوئی محفل برخاست ہو گئی۔ مگر عاصم..... عاصم صبح تک گھر واپس نہ لوٹا۔ اس کے انتظار میں فریدہ رات بھر تڑپتی رہی۔

آج کی رات کوئی پہلی رات نہ تھی۔ ایسی کتنی راتیں آئیں اور گزر گئیں۔ فریدہ کا شوہر عاصم اور اس کے جیسے سیکڑوں نوجوان آنے والی راتوں کے لیے شراب و شباب کا رومانی پروگرام تیار کرتے اور رات کی تاریکیوں میں اسے عملی جامہ پہناتے۔

عاصم حیدرآباد کے سٹی کالج میں لکچرر تھا۔ ترقی پسند ادیب تھا، خوب صورت نوجوان تھا، اس نے بڑی تمناؤں سے فریدہ رحمان بنت اے کے ساتھ شادی کی تھی۔ مگر فریدہ ایک اسلام پسند لڑکی تھی جسے اس کے ماں باپ نے عاصم کے حوالہ کر دیا تھا۔ کالج کی مکروہ فضاؤں میں تعلیم پانے کے بعد بھی فریدہ کے دل میں بچپن کی عمدہ تربیت کے سنہرے نقوش موجود تھے۔ فلمی دنیا نے عاصم کے دماغ میں جو رومانی تصور حیات پیدا کیا تھا۔ فریدہ اس تصور کے مطابق اپنے آپ کو نہ ڈھال سکی۔ بے باکی کے ساتھ بے پردہ گھومنا، نیم عریاں لباس پہن کر اپنے حسن کی نمائش کرنا، عاصم کے بدمست دوستوں کے ساتھ قہقہے لگانا۔ یہ اور اسی قسم کی دوسری عادتیں فریدہ کی زندگی میں جذب نہ ہو سکیں۔ وہ الگ راستہ پر چل رہی تھی اور عاصم الگ راستہ پر دونوں میں کئی بار رنجشیں ہوئیں پھر ختم ہو گئیں۔ کئی بار رنجشیں

پیدا ہوئیں، پھر ختم ہو گئیں۔ دونوں کئی بار روٹھے پھر من گئے۔ یہ بحثیں ابھی آخری مرحلے پر نہیں پہنچی تھیں کہ ایک دن وہ بدنصیب گھڑی آ ہی گئی۔ عاصم فریدہ کو کسی رومانی محفل میں شریک ہونے کی دعوت دے رہا تھا، مگر فریدہ نے انکار کر دیا عاصم بپھر اٹھا۔

"فریدہ! تم کتنی بے وقوف ہو۔ اس ترقی یافتہ دور میں بھلا مذہب کا تخیل زندہ رہ سکتا ہے؟ جب دیکھو خدا کی باتیں! جب سنو آخرت پر وعظ۔ تمہیں ہو کیا گیا ہے؟ میں نہیں سمجھتا تھا کہ گریجویشن کے بعد بھی تم احمق بنی رہو گی۔"

"عاصم! مذہب سے تم اتنے برگشتہ کیوں ہو گئے ہو؟ تمہیں کس نے ....؟"

"یہ دیکھو فریدہ کل کا اخبار۔ روس کا ایک بڑا مفکر آرشی لون، مذہب کا مذاق اڑا رہا ہے۔ کہتا ہے۔ مذہب ایک افیون ہے جسے ختم کیے بغیر انسانیت ترقی نہیں کر سکتی۔"

"انھوں نے کہہ دیا اور تم ایمان لے آئے؟"

"اوہوں، فریدہ! تو کیا تم سمجھتی ہو وہ سب لوگ بے وقوف ہیں؟ بڑے بڑے فلسفی، بڑے بڑے سائنسداں، بڑے بڑے ادیب۔"

"اچھا! تو کیا دنیا کو سکون مل گیا؟"

"سکون! ــــ اری بے وقوف۔ ان لوگوں نے روس

کو جنّت بنا دیا ہے جنت! تمہاری آخرت والی جنّت سے بہت زیادہ خوب صورت۔"

"عاصم! وہ جنّت نہیں ہے۔ ایک خوب صورت فریب ہے۔ ایک حسین دھوکا ہے۔"

"بس اپنا وعظ رہنے دو۔ باہر جیپ کھڑی ہے۔ آج کلب میں بڑا مزا آئے گا۔ مصری سفیر کی جوان لڑکیاں ڈانس میں حصہ لیں گی۔ وہ بھی تو مسلمان ہیں آخر۔"

"عاصم! میں پھر تم سے التجا کرتی ہوں۔ ان بھٹکی ہوئی پگڈنڈیوں پر چل کر سوائے تباہی کے اور........"

"ہونھ۔ پھر وہی نا معقول وعظ۔ میں تم سے تنگ آ گیا ہوں۔ فریدہ! چلو گی یا نہیں؟"

"نہیں۔"

"نہیں۔ نہیں۔ اچھا تو لو میں جاتا ہوں۔ تمہاری صورت دیکھنا نہیں چاہتا۔"

کئی راتیں ہو گئیں، عاصم مکان نہیں لوٹا۔ فریدہ کا "سوگوار شباب" آنسوؤں کے سیلاب میں ڈوب ڈوب کر خالق کائنات سے فریاد کرتا رہتا۔ عاصم زندہ تھا مگر ایسا معلوم ہوتا تھا کہ فریدہ کا سہاگ لٹ چکا۔ غم کی تصویر بنی ہوئی فریدہ اپنی تاریک زندگی پر غور کرتی تو اسے ایسا معلوم ہوتا کہ دنیا کی ساری مسرتوں کا جنازہ نکل

چکا ہے۔ جب ہچکیاں لیتا ہوا شاہد اس سے لپٹ جاتا تو اسے محسوس ہوتا گویا ایک غم کا مارا یتیم بچہ، اس سے چمٹا ہوا ہے۔ شاہد کی معصوم باتیں اس کے دل کو پارہ پارہ کر دیتیں۔

"امی! ابا کب واپس لوٹیں گے؟"

"امی! ابا سے کہہ دیا تھا نا؟ ایک چھوٹی سی موٹر میرے واسطے لے کر آجائیں۔"

دیکھیے امی! آپ ابا کو خط نہیں لکھتیں؟ امی! ابا کو لکھیے جلدی سے آجائیں۔ ابا سے کہیے، شاہد آپ کا انتظار کرتا رہتا ہے۔ شاہد روتا ہے۔ شاہد کو آکر ابا آپ گود میں کیوں نہیں لے لیتے۔ ..... امی! ..... آپ کی آنکھوں میں آنسو...... امی! آپ رو رہی ہیں؟"

آنسو پونچھتی ہوئی غمگین فریدہ بیٹے کو تھپکتی ہے اور کہتی ہے

"ہاں بیٹا! میں ضرور خط لکھوں گی وہ آئیں گے۔ دوڑ کر تمہیں گود میں اٹھا لیں گے۔ پیار کریں گے۔"

"امی! وہ مجھ سے پوچھیں گے تم نے کچھ پڑھا۔ میں دوڑا جاؤں گا۔ اپنی کتاب اٹھا لاؤں گا۔ سناؤں گا G.O.D گاڈ۔ گاڈ معنی خدا S.K.Y اسکائی۔ اسکائی معنی آسمان کیوں امی؟ ابا بہت خوش ہوں گے نا؟ .... امی آپ پھر رو رہی ہیں؟"

"ہاں بیٹا! وہ .... وہ بہت خوش ہوں گے۔ وہ ...... وہ کہیں گے میرا منا شاہد۔ میرا پیارا بیٹا۔ خوب پڑھتا ہے۔ خوب

پڑھتا ہے"

"امی! میں پھر ابا سے پوچھوں گا، آپ اتنے دن سے کہاں تھے؟ اتنے دن آپ گھر کیوں نہیں آئے۔ امی وہ کیا جواب دیں گے؟ امی! آپ بولتی نہیں؟"

"ہاں بیٹا، وہ کہیں گے ......"

"کیا کہیں گے؟ آپ پھر چپ ہو گئیں۔ آپ کی آنکھوں میں پھر آنسو آگئے۔ امی؟"

"بیٹا! اب سو جاؤ۔ رات زیادہ جا چکی ہے۔ دیکھو دس بج گئے۔"

"امی! کل آپ خود جایئے اور ابا کو بلا لایئے۔"

"اچھا، کل میں جا کر بلا لاؤں گی۔ اب تم اپنی چھوٹی خالہ کے پاس جا کر سو رہو۔"

فریدہ عاصم کو بھول جانا چاہتی تھی مگر وہ انسان ہی تھی کبھی کبھی عاصم کی یاد تازہ ہو جاتی اور اس کا دل تڑپ اٹھتا۔ اس کی عفت بھری زندگی دل و دماغ کو صاف رکھتی۔ مگر ابلیس کی چالیں اس کے جذبات کو بھڑکاتیں، چھپی ہوئی خواہشوں کو اکساتیں۔ فریدہ صبر و شکر کے مرحلوں کو کامیابی کے ساتھ طے کرنے کی کوشش کرتی مگر رنج و ملال کے اتھاہ سمندر میں جب وہ ڈوبنے لگتی تو صبر کا دامن چھوٹتا ہوا نظر آتا۔

آنے والے جاڑوں کی ابتدائی بھیگی بھیگی راتیں تھیں۔ سفید

سفید بیلے کی مہک نے فضا کو پر کیف بنا دیا تھا۔ چاند کی ہلکی ہلکی روشنی دل میں گدگدی پیدا کر رہی تھی دور بجنے والے آرکسٹرا نے شباب کی سوئی امنگوں کو بیدار کرنا شروع کر دیا۔ فریدہ کے جسم میں ایک جھرجھری سی پیدا ہوئی۔ اس نے انگڑائی لے کر مسکراتے ہوئے چاند کو دیکھا اور سوچا، اس کا عاصم اس سے زیادہ خوب صورت ہے۔ مہکتے ہوئے پھولوں پر نظر ڈالی اور محسوس کیا اس کے عاصم میں ان پھولوں سے زیادہ کشش ہے۔ کاش اس کا عاصم اس سے دور نہ ہوتا، کاش وہ عاصم کو پھر سے منا لاتی۔ ...... مگر پھر کچھ سوچ کر چونک اٹھی۔

"نہیں۔ نہیں عاصم شرابی ہے۔ عاصم جوئے کا دھنی ہے۔ عاصم آوارہ ہے۔ عاصم مذہب کا دشمن ہے۔ نہیں۔ نہیں میں اس سے محبت نہیں کر سکتی"

مگر ابلیس انسان کی فطری کمزوریوں سے ہمیشہ فائدہ اٹھاتا ہے اس نے پھر ایک کمند ڈالی۔ فریدہ نے سوچا،

"عاصم مذہب کا دشمن ہے۔ عاصم مذہب کا دشمن ہے تو کیا ہوا۔ کیا راہِ راست پر نہیں آسکتا؟ آسکتا ہے اگر میں ...... اگر میں کچھ عرصہ کے لیے ویسی ہی بن جاؤں جیسا کہ وہ چاہتا ہے۔ ہاں... ...... ہاں میں رفتہ رفتہ اسے راہ راست پر لے ہی آؤں گی۔ ......"

ابلیس کی چالوں نے اپنی کامیابی پر قہقہہ مارا۔ معصیتوں کے نقشے فضا میں نقش ہونے لگے۔

"میں جاتی ہوں عاصم کو منانے کے لیے۔ میرا رفیقِ حیات!

میرا شریک زندگی !!"

تھوڑی دیر بعد فریدہ شاہد کو اپنی بہن کے پاس چھوڑ کر باہر نکلی۔ ٹیکسی پر بیٹھی ہوئی جگمگاتے ہوئے حیدر آباد کی چوڑی چوڑی شاہراہوں سے گزر رہی تھی۔

"شوفر کلب چلو!" ____ وہاں جاکر معلوم ہوا عاصم موجود نہیں ہے۔

"شوفر! لیڈی ڈاکٹر مس فاطمہ کی کوٹھی پر چلو!" ____ وہاں بھی عاصم نہ ملا۔

"ہائے! میں کتنی بدنصیب ہوں، شوفر! مس پارکر کے بنگلہ پر چلو!" ____ فریدہ کا خوب صورت عاصم وہاں بھی موجود نہ تھا۔

گناہوں کے کئی اڈے دیکھنے بعد فریدہ بالآخر اپنے عاصم کے پاس پہنچ گئی۔ عاصم کی مسرتیں پھر ایک بار تازہ ہو گئیں۔

"تم...... تم فریدہ آگئیں ...... فریدہ میں اس وقت بہت خوش ہوں آؤ چلیں!"

"شوفر! ویکاجی ہوٹل کی طرف چلو!" عاصم نے قہقہہ لگاتے ہوئے کہا ____ منہ سے نکلی ہوئی شراب کی بو فضا میں تعفن پیدا کرنے لگی۔ فریدہ کا لطیف ذوق اسے برداشت کرنے میں تامل کر رہا تھا

"فریدہ! بہت اچھا ہوا اپنا دقیانوسی مذہب چھوڑ کر تم آگئیں۔ لو، تھوڑی سی پیو۔ لو مزا آجائے گا!"

اُس نے شراب کی بوتل جیب سے نکالی۔ اسے کھول کر فریدہ کی طرف بڑھایا۔
"لو فریدہ! تھوڑی سی پی لو! یہ بھیگی بھیگی سی چاندنی رات، اس میں شراب کا ہلکا سا خمار۔ پی لو فریدہ! ہونہہ جاہل لڑکی۔ لو، میں پیے جاتا ہوں"
ایک مکروہ قہقہہ بلند کرتے ہوئے آدھی بوتل چڑھا گیا۔
عاصم کی گفتگو فریدہ کے جذبات کو بری طرح ٹھیس پہنچا رہی تھی۔ اس نے بے چینی سی محسوس کی۔ سوچا، ایک آوارہ۔ شرابی لامذہب انسان اس کے جذبات سے کس لاپروائی کے ساتھ کھیل رہا ہے۔ ان ہی خیالات میں ڈوبی ہوئی تھی کہ پٹرول لینے کے لیے ٹیکسی پمپ کے سامنے ٹھہر گئی۔ فضا ساکت تھی گل مہر کی ننھی ننھی پتیاں کبھی کبھی سرسرانے لگتیں بادلوں کے آوارہ ٹکڑے کبھی چاند کو چھپا لیتے اور دنیا تاریک ہو جاتی قریب ہی کسی مقام سے کچھ آواز آرہی تھی۔ فریدہ نے غور سے سنا یہ کسی کی پراثر تقریر تھی جسے لاؤڈ اسپیکر ساری فضا میں بکھیر رہا تھا۔
"اسلام لانے سے پہلے ابوطلحہ نے ام سلمیٰ کے حسن و شباب کو حاصل کرنا چاہا۔ اس مقدس خاتون کے ایمانی وقار نے ایک شرط عائد کی۔ ابوطلحہ جیسے خوب صورت نوجوان سے کہا۔ میں تمہاری رفیق حیات اُس وقت تک نہیں بن سکتی جب تک تم کافرانہ زندگی کو بدل کر دولت ایمان سے سرفراز نہ ہو جاؤ۔ ابوطلحہ! سن لو، ام سلمیٰ کا مہر سونا چاندی نہیں۔ حسن و شباب بھی نہیں بلکہ رب کائنات کا بھیجا ہوا اسلام ہو گا۔"
یہ وہی ام سلمیٰ تھیں جنھوں نے اپنے کافر شوہر کے حسن و شباب

کو ٹھکرا کر اپنا سُہاگ اسلام کی خاطر لٹا دیا تھا۔"

لاؤڈ اسپیکر فضا میں اس مقدس رومان کو کچھ اس انداز سے بکھیر رہا تھا کہ سننے والوں کے دل گرما گئے۔ فریدہ کے دبے ہوئے جذبات جنھیں ابلیسی خاکوں نے منجمد کر دینے کی کوشش کی تھی پھر سے گرما اُٹھے۔

"عاصم مذہب سے تمہاری بغاوت اچھی نہیں ہے۔"

"ہونھ۔ فریدہ! دیوانگی کا دورہ پھر تم پر پڑنے لگا۔"

"عاصم! عورتوں کی محفلیں اور شراب کے دور تمہارے لیے حرام ہیں۔"

"حرام! اس چاندنی رات میں تم اپنی بدذوقی کا ثبوت دے رہی ہو فریدہ۔"

"عاصم! تمہارے دوست جو آوارہ مزاج میں تمہیں برباد کر دیں گے۔"

"کیا یہی وعظ سنانے کے لیے تم مجھے یہاں لائی ہو؟"

"عاصم وعدہ کرو کہ تم یہ سب چیزیں چھوڑ دو گے۔"

"نہیں۔ نہیں۔ ہرگز نہیں۔ عورت اور شباب، فریدہ! یہی چیزیں تو زندگی کو پُر مسرت بناتی ہیں۔"

"آخری بار تم سے التماس کرتی ہوں کہ ...."

"آخری بار! کیا مطلب؟"

"یہی کہ اگر تم اپنی زندگی کو نہ موڑو گے تو میں تمہارے ساتھ....."

"ہاں، ہاں کہتی کیوں نہیں۔ میرے ساتھ نباہ نہ کر سکو گی؟"

"ہاں۔"

"میں بھی تم سے بیزار ہوں۔"

"مجھے طلاق دے دو۔"

"خوشی سے تیار ہوں۔ مگر مہر معاف کر دو۔"

"میں معاف کرتی ہوں۔"

"زبانی نہیں۔ مجھے تحریر چاہیے۔"

فریدہ نے کاغذ پر ایک مختصر سی عبارت لکھ دی اور ایک پرسکون وقار کے ساتھ عاصم کی طرف کاغذ کا پرزہ پھینک دیا۔

کاغذ کو جیب میں رکھ کر عاصم نے دروازہ کھولا "لو، تمہیں طلاق دے کر میں جا رہا ہوں۔"

عاصم نے زور سے جھنجھلا کر دروازہ بند کیا اور گل مہر کے درختوں کی چھاؤں میں سے گزرتا ہوا بہکے بہکے قدم ڈالتا ایک طرف نکل گیا اس کے دماغ میں الجھن سی تھی۔ وہ سوچ رہا تھا۔ کیا اخلاقی قدریں ابھی زندہ ہیں۔ اخلاقی قدروں کے سہارے ایک کمزور عورت اتنی طاقتور بن سکتی ہے؟

"شوفر! مکان چلو"—— فریدہ گھر پہنچی۔ گزرے ہوئے طوفان کے بعد پیدا ہو جانیوالے سکوت کی طرح اس کے سارے جذبات کی ہنگامہ خیزیاں خاموش ہو چکی تھیں۔ گھر پہنچی، اپنے سوئے ہوئے لخت جگر کو پیار کیا اور وضو کر کے بارگاہِ ایزدی میں کھڑی ہو گئی۔ اس کی بھیگی ہوئی پلکیں، آہستہ آہستہ شانِ ربوبیت کی رحمتوں سے ہمکنار ہونے لگیں۔

کیا اَب بھی انسان بن سکتا ہوں

اگست کی پندرہ تھی۔ لوگ خوش تھے کہ یہ آزادی کا دن ہے خوش ہونے والوں میں وہ لوگ بھی تھے جو آج جیل خانے سے رہا ہوئے تھے۔ شکیل کو بھی آج آزادی نصیب ہوئی تھی لیکن جیل سے نکلتے وقت اسے کوئی خاص مسرت محسوس نہیں ہوئی۔ مسرت اسے محسوس بھی کیوں کر ہوتی۔ دنیا میں اس کا کوئی دوست نہیں تھا جو اس کے گلے میں ہاتھ ڈال کر لپٹ جاتا۔ نہ اس کے کوئی بچے تھے جو دوڑ کر ابا ابا کہہ کر چمٹ جاتے۔ ماں باپ نہ جانے کس حال میں ہوں۔ زندہ بھی تھے یا مر چکے تھے اسے کوئی خبر نہ تھی زندہ بھی ہوں تو وہ اس کا منہ دیکھنے کے روادار نہ ہوتے۔ عزیز اقارب بہت سے تھے مگر اس شہر میں نہیں جہاں وہ جیلخانہ کی بھیانک زندگی گزار رہا تھا۔ اور اگر اس شہر میں اس کے اعزاز ہوتے بھی تو وہ دور ہی سے دیکھ کر کترا جاتے۔ کوئی یہ نہ کہ.

"اہا شکیل بھیا آرہے ہیں۔ کہو بھیا خیریت سے ہو۔"

پھاٹک سے باہر نکل کر بوڑھے جمعدار کو اس نے آخری سلام کیا اور سوچنے لگا کو لتار کی سڑک پر داہنی طرف جاؤں یا بائیں طرف۔ بائیں طرف جانے والی سڑک بازار سے گزرتی ہوئی مختلف مقامات پر لے جاتی تھی جہاں شاندار کوٹھیاں تھیں حسین و جمیل پارک تھے۔ اسکولوں اور کالجوں کی عمارتیں تھیں لائبریریاں اور دار المطالعے تھے۔ میوزیم اور دوسری تفریح گاہیں تھیں۔ ہوٹل اور چائے خانے تھے۔ اس کی دلچسپی کا مرکز صرف ہوٹل اور چائے خانے ہو سکتے تھے مگر اس کا پیٹ اس وقت بھرا ہوا تھا۔ جیل خانے سے کھانا کھا کر نکلا تھا۔ ۱۵ راگست کی خوشی میں آج قیدیوں کو اچھے قسم کا کھانا دیا گیا تھا۔ گرم گرم تنوری روٹیاں تھیں۔ ڈالڈا سے تیار کیا ہوا چٹپٹا سالن تھا۔ بگھارے چاول اور تھوڑا سا زردہ بھی تھا۔ آج اس نے خوب پیٹ بھر کر کھایا تھا۔ اب اسے کسی اور چیز کی خواہش نہ تھی۔

اس نے ارادہ کر لیا کہ داہنی طرف جانے والی سڑک پر چل پڑے۔ یہ سڑک شہر کے باہر لے جا رہی تھی جو باغوں اور کھیتوں کے بیچ سے گزرتی ہوئی دریا کے پل کے اوپر سے گزرتی تھی۔ وہ داہنی طرف چل پڑا۔ کہاں جا رہا تھا اور

کیوں جا رہا تھا اس بارے میں اس نے سوچنے کی کوشش ہی نہیں کی۔ سوچتا بھی تو اس کی سمجھ میں کچھ نہ آتا۔ اس کے پاؤں بلا ارادہ خود بخود اٹھتے جا رہے تھے اور وہ چلا جا رہا تھا۔ چلتے چلتے ایک کچی سڑک کے کنارے آ کر ٹھہر گیا جو کچھ بوسیدہ جھونپڑیوں کے بیچ سے گزرتی ہوئی شہر کے اس محلے میں پہنچتی تھی۔ جہاں قدیم زمانے کے بنے ہوئے بڑے اور چھوٹے مکانات تھے لیکن ہر مکان کی حالت ناگفتہ بہ تھی۔ کسی کی دیواریں ٹوٹی ہوئی اور رہنے والوں نے بانس کی ٹٹیاں کھڑی کر کے پردے کا انتظام کر لیا تھا۔ کسی مکان کی چھتیں گرنے کے قریب تھیں لوگوں نے موٹی موٹی بدوضع دھنیاں کھڑی کر کے انھیں گرنے سے روک رکھا تھا۔ کسی مکان کے سامنے والے کمرے کی چھت گر چکی تھی جس کی شہتیریں زمین سے آلگی تھیں۔ دیواروں پر ہر جگہ سبزہ اگا ہوا تھا۔ پرنالے جہاں گرتے تھے وہاں کچھ پیپل کے خودرَو چھوٹے چھوٹے پیڑ اُگے ہوئے تھے۔ ہر گھر کا یہ حال تھا:

ہم بیاباں میں ہیں اور گھر میں بہار آئی ہے

یہ مسلمانوں کا محلہ تھا اور ایسا محلہ جہاں جرائم کی گرم بازاری تھی۔ بڑے بڑے کہنہ مشق جواری اسی محلہ میں آباد تھے ـــ شراب تیار کرنے والے اور شراب کے رسیا اسی محلے کی زینت

بنے ہوئے تھے۔ بٹیر بازی اور کبوتر بازی میں یہی محلہ شہرۂ آفاق تھا۔ اسی محلہ نے ایسے بڑے بڑے سورماؤں کو جنم دیا تھا جو راہ گیروں کو چھرا مار کر بڑی آسانی سے ان کا مال لوٹ لیا کرتے تھے۔ اسی محلہ میں بے حیائی اور بدکاری اپنے عروج پر تھی۔ اس محلہ کے بڑے بوڑھے جب کسی نالے کے اوپر چارپائی بچھا کر بیٹھتے تو حقوں کی گڑگڑاتی ہوئی آواز کے ساتھ اپنی لٹی ہوئی جوانیوں کو یاد کرتے اور انھیں واقعات کو دہراتے تھے جو شراب کی بدمستیوں میں اور بے حیائی کی عبرت ناک لذتوں میں ڈوبے ہوئے ہوتے۔

تشکیل کھڑا ہوا بڑی دیر تک اس کچی سڑک کو گھورتا رہا۔ اس کے بدن میں کچھ گرمی سی محسوس ہونے لگی۔ اور اس کی نگاہوں میں کچھ مسکراہٹ سی دوڑ گئی۔ وہ سمجھتا تھا کہ اس شہر میں شاید کوئی اس کا دوست نہیں تھا۔ مگر اس نے سوچا کہ اس کا خیال غلط ہے۔ اس محلے میں اب بھی جواری اور شرابی ایسے ہوں گے جو اسے دیکھ کر خوش ہوں گے۔ مگر اس نے جب اپنی خالی جیبوں میں ہاتھ ڈالا تو اسے محسوس ہوا کہ نہ جواری اس سے خوش ہوں گے اور نہ شرابی اس کا دل آہستہ آہستہ بیٹھنے لگا۔ ایک ٹھنڈی سانس لے کر کچھ بڑبڑایا:

کیا لطف انجمن کا جب دل ہی بجھ گیا ہو

"اونہہ۔ آگے چلو!" یہ کہہ کر آگے بڑھ گیا۔

لہلہاتے ہوئے کھیت۔ نالیوں میں چھل چھلاتا ہوا پانی ٹھنڈی ٹھنڈی ہوائیں اس کے دل کو گدگدانے لگیں —— شراب کی چھوٹی ہوئی پرانی عادت پھر آہستہ آہستہ ابھرنے لگی۔ اس نے سوچا یہ مقام ہو۔ یہ منظر ہو اور پھر شراب نہ ہو۔ اس نے سوچا رجبو بھیا کی دوکان سے شراب کی دو بوتلیں ادھار مل ہی جائیں گی اس کم بخت نے ہزاروں روپے مجھ سے کمائے سچ پوچھو تو اس کی دوکان نے ترقی کی میری وجہ سے۔ میں نہ ہوتا تو وہ گلیوں میں چنے بیچتا پھرتا یا سڑک کے کنارے بیٹھا ہوا کباب بھونتا رہتا۔

" چلو۔ چلنے کیوں نہیں۔ اسی کے پاس چلو۔ ادھار نہ دیگا تو کیا ہوا، کسی کی جیب کترنے میں کچھ دیر لگتی ہے " اس نے اپنے قدموں کو پھر پلٹایا اور اسی کچی سڑک پر چلنے لگا مہتروں اور چماروں کی جھونپڑیوں کے بیچ سے گزرتا ہوا اب وہ اسی محلے میں داخل ہوا جہاں رجبو بھیا کی مشہور و معروف دوکان تھی۔ دوکان کا پورا نقشہ اس کی نگاہوں کے سامنے تھا۔ میلی کچیلی میز جس کا چوتھا پاؤں ٹوٹا ہوا تھا اور ایک موٹی رسی سے رجبو بھیا نے اسے باندھ رکھا تھا۔ میز کے کنارے لکڑی کی کرسی تھی جس کا ایک ہاتھ ٹوٹا ہوا اور دوسرا ہاتھ ابھی مضبوط تھا۔ رجبو بھیا اسی کرسی پر بیٹھتا تھا اور اس

شان سے بیٹھتا تھا جیسے دنیا کی ساری دولت سمٹ کر اسی کے پاس آ گئی ہو۔ باتیں کرتے وقت اس کی ٹیڑھی بڑی پھیلی ہوئی مونچھیں اس طرح ہلتی تھیں جیسے کوئی کوتوال کسی چور کو ڈانٹ رہا ہو۔ وہ شراب بہت کم پیتا تھا مگر اس کی آنکھیں ہمیشہ سرخ رہتی تھیں۔ نہ جانے کیوں؟

رجبو بھیا کی دوکان کا منظر نگاہوں میں لیے ہوئے آٹھ سال کے بعد آج وہ پھر اسی طرف جا رہا تھا۔ جیسے جیسے دوکان قریب آ رہی تھی اس طرف سے آنے والی ہواؤں میں ایک خاص قسم کی گرم گرم بھبک اسے محسوس ہو رہی تھی۔ اور اس بھبک نے نہ جانے کون کون سی یادیں اس کے دل و دماغ میں تازہ کر دی تھیں۔ اس کے قدم تیزی کے ساتھ اس دوکان کی طرف اس طرح اٹھ رہے تھے جیسے شام کے وقت لوٹنے والے جانور اپنے گھر کی طرف تیز تیز بھاگتے ہیں۔ وہ آگے بڑھتا گیا۔

"اف! یہی وہ کوٹھی ہے جہاں وہ بری طرح پیٹا گیا تھا۔ ہاں اسے یاد ہے مارنے والوں نے اسے ادھ موا کر دیا تھا۔ اس کی ناک اور دانتوں سے خون بہہ نکلا تھا۔ بے وقوف کہیں کا کہیں چوری اس طرح کی جاتی ہے؟" اس نے ایک ہلکا سا قہقہہ لگایا۔ "ہاں شکیل تم اس وقت کم سن اور ناتجربہ کار بھی تو تھے یہ تمہاری پہلی کوشش تھی جو ناکام رہی۔ خیر جو کچھ ہوا سو ہوا

اس کے بعد تم نے کئی جگہ نہایت کامیاب قسم کے ڈاکے ڈالے وہ تو واقعی ایک شاہکار تھا جب کروڑی مل کی دوکان سے جواہرات غائب کیے تھے۔ مجال تھی جو پولیس تمہیں پکڑ لیتی — سی آئی ڈی کا ایک جال تھا جو ہر طرف پھیل گیا تھا مگر وہ شکیل میاں کی گرد کو نہ پہنچ سکے۔"

وہ آگے بڑھتا جا رہا تھا۔ اب اس کی ناک اس بھبک میں خاص لذت محسوس کر رہی تھی جو اس دوکان کی طرف سے آ رہی تھی۔ اس نے ذرا آہستہ آہستہ چلنا شروع کیا۔ اس نے دور اس برگد کے پیڑ کو دیکھا جہاں اس کا مکان تھا اور جہاں اس نے اپنی آخری بیوی کا گلا گھونٹ دیا تھا۔ اس کی چیخ و پکار سن کر محلہ والے دوڑ پڑے تھے اور وہ بھاگ نہ سکا تھا۔ یہی وہ آخری جرم تھا جس نے اسے آٹھ سال کے لیے ڈھائی لاکھ کی عمارت کے اندر موٹی موٹی آہنی سلاخوں کے پیچھے پہنچا دیا تھا۔

"ہونہہ، نالائق۔ بدذات کہیں کی۔ آوارہ سڑی ہوئی بیسوہ۔ اچھا ہوا میں نے اس کا گلا گھونٹ دیا۔ وہ اس قابل نہیں تھی کہ دنیا میں زندہ رہے۔" وہ تھوڑی دیر کے لیے کھڑا ہو گیا۔ اس کے بدن میں جھرجھری سی پیدا ہوئی۔ "میرے ساتھ میرٹھ سے بھاگ کر آئی تھی تو اس سے یہ نہ ہوا کہ چین سے گھر میں بیٹھتی۔ یہاں بھی اس نے وہی دھندا شروع کر دیا

اف اگر مجھے موقع ملتا تو اس کے تکے بوٹی کر ڈالتا۔ چیلوں کو کھلا دیتا مگر میری آرزو پوری نہ ہو سکی۔ لال پگڑی والے سپاہی مجھے پکڑ لے گئے۔"

وہ بڑی دیر تک کھڑا ہوا برگد کے پیڑ کو گھورتا رہا۔ اسے ایسا محسوس ہوا جیسے اس کی بیوی کی روح پیڑ کے اوپر منڈلا رہی ہو۔ اس نے محسوس کیا کہ اس کی بیوی کی روح مجسم ہو کر آگے بڑھ رہی ہے۔ اس کے سامنے چلی آ رہی ہے۔ اس کے ہونٹ کپکپا رہے ہیں۔ اس کی آنکھوں میں آنسو تیر رہے ہیں ہیں۔ نحیف آواز اس کے کپکپاتے ہوئے ہونٹوں سے نکل رہی ہے۔ وہ کہہ رہی ہے۔"شکیل تم نے میرا گلا گھونٹا تو کیا ہوا۔ دنیا جب تک شکیلوں کو جنم دیتی رہے گی انسانی سوسائٹی میں اسی قسم کی بیوائیں پیدا ہوتی رہیں گی۔ میرا گلا گھونٹنے کے بعد کاش تم اپنا گلا بھی گھونٹ لیتے۔" اف میں کیا دیکھ رہا ہوں، میں کیا سن رہا ہوں۔ اس نے اپنی آنکھیں ملیں اور آگے چل پڑا۔

اب رجبو بھیا کی دوکان بالکل قریب آ چکی تھی۔ انگور اور مہوہ کی ملی جلی بھبک کے ساتھ ساتھ گلاسوں کی جھنکار اور بوتلوں کی قلقل بھی اس کے کانوں میں آنے لگی اس کا دل مارے خوشی کے جھوم اٹھا۔ قدم کچھ ڈگمگانے لگے

جیسے پینے سے پہلے ہی سرور آنے لگا ہو۔ دوکان کے سامنے جاکر کھڑا ہو گیا۔

"تم شکیل۔ آج تم بھی چھوٹ گئے۔ آؤ، اندر آؤ۔ بھئی واہ تمہارے بغیر تو محفل سونی پڑی تھی۔" رجبو بھیا نے ایک سانس میں سب کچھ کہہ ڈالا۔ اس نے شکیل کو دیکھ کر بڑی خوشی کا اظہار کیا۔ شکیل کو توقع نہیں تھی کہ رجبو بھیا اتنے خوش ہوں گے۔ اسے اس کی خوشی میں کوئی خلوص نظر نہیں آیا۔

وہ چپکے سے ایک کونے والی بنچ پر بیٹھ گیا۔ دوکان پر جو لوگ بیٹھے ہوئے تھے یا کھڑے ہوئے تھے، گھور گھور کر شکیل کو دیکھنے لگے تھے۔ پرانے لوگ اسے پہچان نہ سکے۔ نئے لوگ نئی نسل سے تعلق رکھتے تھے جو شکیل جیسی مشہور و معروف شخصیت کے بارے میں سن چکے تھے مگر پہچانتے نہیں تھے۔

شکیل کچھ دیر تک بیٹھا رہا۔ رجبو بھیا کی مصروفیت بڑھتی گئی۔ آنے والوں کو الماریوں پر سے بوتلوں کا اتارنا اور دینا۔ جانے والوں سے پیسے وصول کرنا اس کی ہمیشہ مصروفیت رہی ہے اور آج بھی وہ اسی طرح مصروف رہا۔

"رجبو بھیا۔ کہو خیریت سے ہو؟"

"ہاں شکیل بھائی۔ اس کا کرم ہے۔ وہ بڑا فضل والا ہے۔"

"بچے کچے سب خیریت سے ہیں؟"

ایک ہی تو بچہ ہے، بڑی منتوں کے بعد پیدا ہوا تھا۔ ہر سال ڈیڑھ ہزار کی دیگ پکوا نے جاتا ہوں۔"

"اب تو بچہ ماشاء اللہ بڑا ہو گیا ہوگا؟"

"ہاں دیکھو یہ جو سامنے بیٹھا ہے تمہارا ہی تو غلام ہے۔ جگو! چچا کو سلام نہیں کرتے۔"

"اچھا۔ اچھا۔ جیتے رہو۔ بیٹا جیتے رہو۔ بڑی عمر ہو۔ اللہ تمہیں خوش رکھے۔"

رجبو بھیا پھر اپنے کام میں لگ گئے۔ شکیل پھر خاموش بیٹھ گیا۔ دونوں پیر اس نے اٹھا کر بنچ پر رکھ لیے تھے۔ گھٹنوں کے بیچ میں سر رکھ کر بڑی دیر تک بیٹھا رہا۔ بڑی دیر کے بعد پھر اس نے سر اٹھایا۔

"رجبو بھیا کچھ پلواؤ گے نہیں؟"

"ہاں کیوں نہیں۔ بھلا تم کو نہ پلاؤں گا۔"

"تمہارے پاس کونسی چیزیں ہیں اس وقت؟"

"وہی پرانی چیزیں۔ انگریزی وہسکی ہے، فرانس والی شمپین ہے، اٹلی والی امان ٹی ٹو ڈو۔ دیسی ٹھرا۔ مہوہ وغیرہ۔"

"لاؤ آج جو بھی پلا دو۔ آٹھ سال بعد تو آیا ہوں۔"

"چھگو۔ وہ بوتل تو اٹھانا لال لیبل والی۔ مگر شکیل بھیا، تمہاری جیب میں کچھ نقدی بھی ہے؟"

"نقدی؟ نقدی کہاں سے آئی۔ چلا تو آ رہا ہوں سرکاری مہمان خانے سے۔"

"نا بھیا۔ پھر تو یہاں سے امید مت رکھو۔"

"تمہیں مجھ پر بھروسہ نہیں۔"

"بھروسہ وروسہ کی بات نہیں ہے۔ وہ دیکھو دیوار تختی میں کیا لکھا ہوا ہے۔ "آج نقد کل اُدھار۔"

"تو پھر؟"

"تو پھر کیا۔ یہی کہ اُدھار کا جھمیلا پالتا ہی نہیں۔"

"میری دوستی بھول گئے۔ میری ہمدردیاں سب بالائے طاق۔"

"دوستی اور ہمدردی سب ایک طرف۔ میں تو بس نقد والا معاملہ جانتا ہوں۔"

"تو پھر نہ دوگے۔"

"نہیں۔"

"آخری فیصلہ ہے۔"

"بالکل آخری فیصلہ۔"

"کمینے کہیں کے۔ نالائق۔"

"کیا بکتا ہے۔ میری دوکان پر مجھے گالی۔"
"خدا تجھے غارت کرے بدبخت۔ تیری دوکان تباہ ہو جائیگا آگ لگ جائے۔"
جھگّو شکیل کے یہ جملے برداشت نہ کر سکا۔ اس نے آگے بڑھ کر شکیل کی گردن میں ہاتھ دے کر ڈھکیل دیا۔
"نکل جا باہر۔ میرے باپ کو گالیاں دیتا ہے۔ خدا تجھے غارت کرے۔" دو تین لوگ اور آگے بڑھ کر شکیل کی گردن میں ہاتھ دے کر ڈھکیل دیا۔
شکیل بڑبڑاتا ہوا چل پڑا جاتے جاتے مونچھوں پر تاؤ دے کر للکارا "میں بھی دیکھوں گا رات میں کیسے آرام سے سوتے ہو۔"
شکیل کچھ دور جا چکا تھا۔ رجبو بھیا کو اپنی غلطی کا احساس ہوا۔ شکیل ایک کہنہ مشق چور ایک دلیر ڈاکو۔ ایک خونخوار قاتل، ایک بے رحم انسان۔ اگر وہ ناراض ہو گیا تو اس کی زندگی اور اس کی دوکان سب کچھ خطرے میں ہوں گی۔
"ارے جھگو! یہ تو نے کیا کیا۔ نالائق کہیں کا۔ وہ تو میرا اپنا دوست ہے۔ میں اسے گالی دیتا ہوں۔ وہ مجھے گالی دیتا ہے

تو نے اسے دھکے دے کر نکال کیوں دیا۔ دوڑ اُسے جا کر بلا لا۔ اچھا ٹھہر، میں جاتا ہوں۔ لا وہ بوتلیں لا۔"

بوتلیں لے کر رجبو دوڑا۔

"شکیل بھیّا۔ او شکیل۔ تمہیں خدا کی قسم ٹھہر جاؤ۔ اتنی جلدی ناراض ہو گئے؟"

ہانپتا کانپتا شکیل کے پاس پہنچا۔

"شکیل بھائی — کیا سچ مچ تم ناراض ہو گئے۔ بھلا ایسا ہو سکتا ہے تمہارا پرانا دوست تمہیں بھلا دے — — لو بھیا میں تمہارے لیے بہترین چیز لایا ہوں۔ درجہ اول کی وہسکی ہے۔ نہیں لو گے؟ تمہیں خدا کی قسم۔ میرے سر کی قسم۔"

"میں اس قدر بے حیا نہیں ہوں۔ دھکے دے کر باہر نکال دیا اور اب میٹھی میٹھی باتیں بنا رہے ہو۔ شکیل نے جھلا کر جواب دیا۔

"نہیں شکیل بھیا۔ خدا کی قسم وہ چھوکرا نادان ہے اسے کیا معلوم کہ تم میرے لنگوٹیا یار ہو۔ میں نے اُسے خوب ڈانٹا۔ خوب پھٹکارا۔ اب تم — معاف کر دو۔ بھیا خدا کی قسم معاف کر دو۔"

شکیل انکار کرتا ہی رہا اور رجبو نے بوتلیں کوٹ کی جیب

کے اندر رڈال دیں۔

شکیل چلتا رہا۔ اس کی جیبیں بوتلوں سے بوجھل ہو رہی تھیں۔ لیکن اس بوجھ میں اسے کچھ لذت محسوس ہونے لگی۔ اس کا شنمہ آہستہ آہستہ دھیما پڑنے لگا۔ "احمق کہیں کا۔ آخر دوڑا ہوا آیا نا۔ کیسی خوشامد کرتا رہا۔ مگر نہیں۔ شکیل تم ایک ذلیل کتے کے برابر ہو۔ تم ایک کمینے انسان ہو۔ کاش تم شرابی نہ ہوتے آہ شراب نے تمہیں ہر جگہ رسوا کیا ـــــ شراب نے تمہیں چور بنایا۔ اسی نے آوارگی سکھائی۔ اسی نے قاتل بنایا۔ آہ اسی نے جیل بھجوایا۔"

سر جھکائے ہوئے شکیل چلتا رہا۔ کچھ دیر کے بعد کولتار کی سڑک پر آگیا۔ اسے اسکول کے کچھ لڑکے نظر آئے۔ اسے اپنا بچپن یاد آگیا۔ کاش وہ پھر ایک مرتبہ لڑکپن کے دور میں لوٹ جاتا۔ اسے وہ اسکول یاد آگیا جہاں اس نے دسویں درجے کی تعلیم پائی تھی اور امتحان پاس کرنے سے پہلے ہی بھاگ نکلا تھا۔

کیا میں پھر لڑکا بن جاؤں۔ کیا پھر اسی قسم کے اسکول میں تعلیم پاؤں۔ نہیں ہرگز نہیں۔ یہی تو اسکول تھا جس نے آوارہ بنایا۔ سب سے پہلے سگریٹ کے کش اس نے اسی اسکول میں لگائے۔ اسی اسکول میں اس نے پہلی مرتبہ جوا کھیلا۔ اسی اسکول میں اس نے پہلی مرتبہ سینما دیکھا۔ اسی اسکول کے

اخباروں اور رسالوں نے اسے بے حیائیوں اور بدکاریوں کی طرف کھینچا۔ کاش میں وہاں نہ جاتا۔

ہاں مجھے یاد ہے دسویں درجے کے لڑکے مجھے ہوٹل لے گئے تھے۔ نومبر کی رات تھی۔ ہلکی ہلکی سردی۔ ہوٹل کی چھت پر چاندنی رات میں شراب کا پہلا گھونٹ میں نے پیا تھا۔ لڑکے مجھے زبردستی پلا رہے تھے۔ دھڑکتے ہوئے دل کے ساتھ آنکھ بند کرکے میں پی گیا۔ آہ وہ منحوس لمحہ میری تباہیوں کی تمہید بن کر آیا تھا۔ کاش اس اسکول کی فضا سے میں دور رہتا۔

میرا وہاں جانا میرے والد کی ایک خطرناک لغزش تھی۔ مجھے ڈپٹی کلکٹر بنانے کے سہانے خواب نے انھیں اکسایا وہ مجھے اس مکتب سے نکال کرلے گئے جہاں میں نے ا۔ ب سیکھی تھی۔ خدا اور خدا کے رسول کی باتیں پڑھی تھیں۔ آہ! جہاں میں اپنے معبود کے سامنے ہاتھ باندھ کر کھڑا ہوتا تھا۔

نماز کے بعد میرے استاد، جنھیں میں چچا صاحب کہتا تھا میرے سر پر ہاتھ پھیرتے تھے اور کہتے تھے "شاباش" کیسا اچھا ننھا نمازی ہے۔ جب میں جھوم جھوم کر نظم پڑھتا تھا تو کہتے تھے کہ "یہ تو چھوٹا سا مجاہد ہے" اور جب میرے والد مجھے وہاں سے لے چلے تو وہ کہتے تھے "اسے ابھی مت لے جاؤ۔ بگڑ جائیگا تباہ ہو جائے گا۔ تمہارا بچہ بڑا ذہین ہے۔ بڑا سعادت مند ہے

اسے میری تربیت میں رہنے دو۔" مگر وہ نہ مانے۔ ایک تابناک مستقبل کا سہانا خواب دیکھ رہے تھے۔ وہ مجھے ڈپٹی کلکٹر بنانا چاہتے تھے۔ مگر انھیں یہ نہ معلوم ہو سکا کہ اس خواب کی تعبیر کتنی ڈراؤنی اور بھیانک ہوگی۔

نتیجہ ــــــ ؟ نتیجہ یہ نکلا کہ شراب کی دنیا میں رومان اور رومان کی دنیا میں شراب۔ میں گھر سے بھاگ نکلا۔ بمبئی کے فلمی ستاروں نے مجھے آواز دی۔ میں وہاں پہنچا۔ اور اس کے بعد ــــ اس کے بعد در بدر کی ٹھوکریں۔ چوری۔ ڈاکے شراب۔ بدکاری۔ قتل اور پھر جیل خانہ۔ یہ میری زندگی کے خاص خاص عنوانات ہیں انھیں کے گرد میری زندگی رقص کرتی رہی ــــ کاش! ــ چچا صاحب مجھے پھر مل جاتے۔ میں ان سے چمٹ جاتا اور خوشامد کرتا کہ وہ مجھے انسان بنانے کی ایکبار پھر کوشش کریں۔

دریا کا کنارہ آچکا تھا۔ ایک چٹان پر بیٹھ گیا۔ اس نے بوتلیں نکالیں۔ شراب پیوں۔ نہیں ــــ ہرگز نہیں پیوں گا ــــ اس نے ریت کے میدان پر بوتلیں دور پھینک دیں۔ کم بخت ٹوٹی بھی نہیں۔ اب اس نے اپنی پیٹھ پلٹا لی۔ بہتے ہوئے دریا کی طرف دیکھنے لگا۔

شراب کی بوتلیں ٹوٹی کیوں نہیں۔ انھیں ہیں آج

توڑ کر رہوں گا۔ انھیں کسی چٹان کے اوپر دے ماروں۔ توڑنے کی نیت سے اٹھا ـــ "پڑی رہنے دو یوں ہی" پھر اس نے پیٹھ پلٹا لی اور جھلملاتی ہوئی لہروں کو گھورنے لگا۔

"شراب کی بوتلیں کیوں نہیں ٹوٹتیں۔ ذرا دیکھوں تو شراب کس رنگ کی ہے۔" وہ پھر ایک بار بوتلوں کی طرف پلٹا۔ کچھ دیر تک گھورتا رہا۔ پھر ایک نا معلوم سی قوت نے اسے اٹھایا۔ اس نے آگے بڑھ کر ہاتھ میں بوتلیں اٹھالیں۔

"آہ! کتنا خوبصورت رنگ۔ کیسے لذیذ قسم کے جھاگ۔ آٹھ برس ہوگئے۔ میں بالکل محروم رہا۔ شکیل تو بیوقوف ہے۔ تیری عقل سٹھیا گئی۔ دریا کا کنارہ۔ شام کا سہانا وقت اور تو شراب سے محروم رہے۔ ارے تھوڑی سی پی لے پھر دیکھا جائے گا۔"

وہ بوتلیں لیے ہوئے پھر واپس لوٹا اور چٹان پر بیٹھ گیا۔ کپکپاتے ہوئے ہاتھوں سے بوتل کھولی اور آدھی بوتل چڑھا گیا "بس اب رہنے دے اب زیادہ مت پی۔ اچھا تھوڑی سی اور پی لے تھوڑی اور .... تھوڑی اور .... تھوڑی سی اور ـــ دونوں بوتلیں چڑھا گیا۔ شراب تیز تھی۔ اس نے اسے مدہوش کر دیا۔ اسے ابکائیاں آنے لگیں۔ جیل خانے میں جو کچھ کھایا تھا، سب اس نے اگل دیا۔ لڑکھڑاتے ہوئے قدموں سے کچھ چلنے کی کوشش کی مگر دھڑام سے گرا۔ اب اسے خبر نہ تھی وہ کہاں ہے۔

"ارے بھائی تم کون ہو۔ تم یہاں کیسے پڑے ہو؟"
"ارے میں ۔ میں یہاں ۔ آپ کون ہیں ۔ آپ ۔ چچا صاحب میرے بچپن کے استاد۔"
"تم مجھے پہچانتے ہو۔ تمہارا کیا نام ہے ؟"
"مجھے شکیل کہتے ہیں۔"
"شکیل ! کون شکیل ؟"
"آپ نے مجھے پہچانا نہیں ؟"
"نہیں، بالکل نہیں !"
"میں وہی بدنصیب شکیل ہوں جسے آپ پڑھایا کرتے تھے۔"
"شکیل تم ! وہ ننھا نمازی !! وہ چھوٹا سا مجاہد !! تمہارا یہ حال یہ شراب کی بوتلیں ۔۔۔"
"ہاں چچا صاحب ! بدنصیبی جب گھیرتی ہے تو یہی حال ہوتا ہے۔"
"اچھا چلو۔"
"کہاں ؟"
"میرے گھر۔"
"کیا کریں گے آپ ایک شرابی کو گھر لے جاکر۔"
"تم چلو تو میرے ساتھ۔"
شکیل اٹھ کھڑا ہوا۔ چچا صاحب کی شفقت آمیز آواز اور

ان کا نورانی چہرہ اسے اپنی طرف کھینچ رہا تھا۔ اس کی آنکھوں میں، لہرا رہے تھے۔

"چچا صاحب! کیا اب بھی آپ مجھے انسان بنا سکتے ہیں۔ کیا میری روح کی ناپاکیاں اب بھی دور ہو سکتی ہیں؟"

"ہاں کیوں نہیں۔ تم تو میرے بیٹے ہو۔

شکیل دوڑ کر اپنے چچا ابا سے لپٹ گیا۔ اس کی آنکھوں سے گرم گرم آنسوؤں کے قطرے ٹپکنے لگے۔

"کیا میں اب بھی انسان بن سکتا ہوں؟"

"ہاں کیوں نہیں رب کائنات کی رحمتیں تمہیں اپنی آغوش میں لینے کے لیے اب بھی تیار ہیں۔"